플레밍턴 고등어

**시작시인선 0262** 플레밍턴 고등어

**1판 1쇄 펴낸날** 2018년 5월 24일
**지은이** 김오
**펴낸이** 이재무
**책임편집** 박은정
**편집디자인** 민성돈, 장덕진
**펴낸곳** (주)천년의시작
**등록번호** 제301-2012-033호
**등록일자** 2006년 1월 10일
**주소** (04618) 서울시 중구 동호로27길 30, 413호(묵정동, 대학문화원)
**전화** 02-723-8668
**팩스** 02-723-8630
**홈페이지** www.poempoem.com
**이메일** poemsijak@hanmail.net

ⓒ김오, 2018, printed in Seoul, Korea

ISBN 978-89-6021-372-2 04810
      978-89-6021-069-1 04810(세트)

**값** 9,000원

# 플레밍턴 고등어

김오

천년의 시작

시인의 말


한참을 걸어 들어가도 깊어지지 않는 바다를 경이롭게 바라보다 돌아 나온 적이 있다.

오늘 다시 깊어지지 않는 곳에 서 있다.
이민이란 늘 그늘에 있는 삶이나 마찬가지다.
바로 햇볕을 쬘 수 없다고 믿기 때문이다.
이 그늘을 벗어나고 싶지만 발은 무겁다.
해를 가리는 나무 밑에서 그래도 견디어지는 것은
그늘 아래 드는 빛에도 어린나무는 제법 초록빛을 띠고 있기 때문이다.
얕은 물로 큰 고기들은 헤엄쳐 들어오지 않지만 모래 아래 숨을 쉬고 있듯이

어느새 깊어지지 않는 바다에 익숙해졌는지 시드니, 서울 어느 쪽으로 한 걸음 떼기가 쉽지 않다.

# 차 례

시인의 말

## 제1부

제1부

사랑

사는 일은
늘 한쪽으로 기울기 마련인지
평평한 들과 산은 없어서
나무들도 기우뚱 서 있으니
사랑은 눈물이 흘러나오는 곳으로
절뚝이면서도 가는 것이다

# 플레밍턴 마켓

여기가 아마 그쯤일 것이다
똑바른 것도 오래다 보면 휘는 때쯤
사이공이나 베이징, 서울에서
번듯하게 살지 못해 굽어 들어온 사람들이
허리 구부린 플레밍턴 마켓

10불에 4켤레 남자용 양말과
10불에 4켤레 여자용 양말이
떨어져 만날 수 없는 시장의 판때기
바른길을 허락받지 못해 휘어져 들어온 사람들과
세상이 굽어지며 밖으로 나앉은 사람들이
여기서 반듯한 길을 고르고 있는 것이다

여자와 남자
이제는 밤 깊어도
휘파람 불며 만날 수 없는 적막한 발에
시드니를 대보는 것이다
양말은 발이 얼마만큼 굽었나
옹이 진 발바닥은 호주살이의 촉감을
반듯한 듯해도 가파른 언덕 먼 길을 가기 위하여

오랜 시간 맞대야 할 서로를 가늠해 보는 것이다

헤어져 살다 보면 굽은 길도 펴지기를 바라며
휘어지고 옹이 진 발굽을 풀어내어 보려는
여기가 그쯤일 것이다

# 고등어

죽은 것들이 살아있는 사람들의 깊이를 재는 시간
플레밍턴 토요 시장 고등어 한 마리
얼음을 깔고 누운 배때기에 그어진
싱싱한 줄 하나
바다를 떠난 몸에 살아 꿈틀거리고 있는 선
어느 바다의 물결인지 흔들려
두어 판 건너의 풍경을 건드린다

사람들 술렁이기 시작하는 네 시
아직은 몸을 흔들지 않아도
헤엄치기 좋은 바람에 배를 맞추며
천천히 꼬랑지 살랑거리는 고등어
선 그어진 몸으로 깊은 곳을 헤집다 밀려난
그 물결을 잊기 위하여
죽은 고등어에서 꿈틀대는 물결선이
다섯 시를 지나는 약한 바람을 밀어 올리면
시장통을 흔드는 줄 하나
헤이 코리안 싸요 싸요 원 킬로 쓰리 달라 쓰리 달라
칠레 남쪽 고향 칠로에섬에서
초등학교 선생님을 했다는
토니의 풍경이 크게 흔들리기 시작한다

# 이민
―엘림식품 1

일요일마다 아이 셋을 데리고
장을 보는 남자가 있다
세 살배기 막내가 막대 사탕을 집어 들다
"안 돼" 하는 소리에 움찔대면서도 놓으려 하지 않는다
그 서슬에 일곱 살 큰애 곁에 있던
아이스크림 통이 얼른 물러선다
사내가 두부와 계란 파 깐 마늘을 집어 들자
짱구나 꼬깔콘이 움찔거리며 가게를 나선다
소문 한 귀퉁이를 들어보면
서른 초반의 나이에 이민 와
아이 셋을 아비가 홀로 맡게 되었단다
세 살 다섯 살 일곱 살
한참 엄마 손이 닿아야 할 아이들
아비의 등을 쫓아 나가다 멈칫 "안녕히 가세요"
그래, 그래 너희들이 안녕히 가라
엄마 손이 그리운 얼굴 셋이
아비의 등만 보고 긴 이민 길을 걷고 있다

아비와는 또 다른 이민의 아픔을 살면서

홍고추


비 오는 오후
목련 가지 끝을 건드리는 유월
비옷 삼아 수건 한 장 걸치고
홍고추
끝물을 따는 사람들
손끝이 아려 고개를 들면
캄캄한 북쪽 하늘이 맘에 걸려
목에 걸린 수건이 자꾸 흘러내린다

윈저 한인 농장에서 십오 년
전화로 바다를 건너가며
아이 둘을 대학에 보낸 조선족
정 씨의 손가락이
빗속에도
말갛게 마르고 있는 붉은 고추를 닮았다
자세히 들여다보니
햇살 같은 아이 둘이 스며있었다

홍고추
끝물을 따는 사람들

손가락이 움직일 때마다
시드니의 겨울이 주춤거린다

## 심양 김 씨

홍고추 매달린 밭
유월 비 보슬보슬하네
고랑에 흙처럼 앉은
심양 김 씨 담배를 피우네
마른 가지를 적시며
쪼그라드는 홍고추가 되네

고추와 마주 앉아 후욱 후욱
가지에 눈물만 걸어두고 떠난 사람
슬롯머신
그녀가 좀처럼 몸을 내주지 않아
여덟 해 임금을 몽땅 건네주고
고추밭으로 들어와
마른 가지 매운 눈물 달아놓고
연변으로 건너간 양 씨

유월 비
보슬보슬하는 날이면
고추밭에 앉아, 김 씨
젖은 담배를 꼬시게 피우네

가지에 순하게 매달리는 아이들
후욱 쪼그라드는 고향이 보이네

# 참
## —엘림식품 2

식구들 다리 뻗고 누울 빈틈을 찾아
시간을 비집고 다니는 사내가
들어서며 눈이 먼저 묻는다
'이슬이 있어'
열 몇 해 하늘의 참 질펀한
말씀에 뒹굴어도 뿌리가 마르는 시드니
교회 옆이라 내놓고 팔지는 못하고
알음알음 사러 오는 사람들과
눈짓 불온하게 나누는 밤이면
불그레하게 저무는 저녁달
가슴이 끌고 온 무엇을 비추려는지
희미한 가로등으로 남은 사내
빈 주머니를 더듬으며 가게 앞을 서성거린다
바다를 건너오면서도 버리지 못한 골목
기웃거리며 비집고 들어서는 포장마차
다리 풀린 탁자에 외로운 이슬
그 한 병을 봉투에 담아 가고 싶은 것이다
이 세상 어디 비집고 들어앉을 빈틈을 찾아
기웃거리다 돌아온 저녁이면
서러운 지붕 사글세로 내리는 하현달 빛이 그리워

차라리 덜렁거리는 봉지를 들고
휘적휘적 시드니 벌판을 걸어가는 것이다

# 칼집

아내가 시장에서 사 온
둥근 호박에 칼집을 내달라고 한다
작게 칼집만 내주면 혼자 자를 수 있다고 한다
호박은 쉬이 칼을 허락하지 않았지만
칼집이 나자 이내 갈라지고
숭덩숭덩 썰려 나갔다

칼집이 칼을 열망하는 것인가
칼이 칼집을 쫓아가나

지도자들의 굳건한 믿음의 얼굴에도
칼집이 하나둘 생겨나
지난여름 무른 호박처럼
썰려 나가고 있는 오늘

나서는 안 되는 것들 어디에
나는 자국을 내고
잘려 나가면 안 될 어디로 칼을 들이밀어
따뜻한 문들이 닫히고 있는 것인지

한참 맛이 들 뉴사우스웨일스New South Wales의 가을
집사람이 건네주는
단호박 맛이 시큼하다

# 가난한 맛
—엘림식품 3

나이 지긋한 분들이 달고 사는
'맛있는 게 없어'
제대로 삭은 고들빼기라도
들어오는 날이면 돌아오는 맛
살아온 날만큼
짧아지는 입
소꼬리 등심에 꽃살이 지천이나
'먹을 게 없어'
개떡이 그리운 외지
점점 비어가는 속을 채우려
들판을 꽈악 채우던 가난한 맛
정성을 먹던 시절을 더듬어
하늘이 주던 봄맛
배불러 잃어버린 향기
얼음을 뚫던 냉이의 마음을 찾는 것이다

# 뻔뻔한 봄
—엘림식품 4

물 서리 내리는 윈저의 칠월
두꺼워진 삼십 년 발톱을 긁어대며
자꾸 북쪽으로 올라가는 무
이파리 속으로 봄들이 줄을 서는 즈음

고구마가 올라와
"빨리"
줄 서 있는 사람들 무시하는
콩나물 한 봉지
"이거 얼마야"
계산대 주위가 팽팽해질 때
"나 급해" 하며
무 한 단이 올라앉는다
비닐봉지에 뻔뻔한 봄이 담긴다

# 땅콩의 무게

플레밍턴 마켓
B동의 땅콩집에서 받아온 5kg 봉지
작은 봉투로 나누다 보면 늘 200g이 비는
시장과 한인 마트의 거리
비어가는 것들을 채우려 떠나온
서울에서 시드니의 거리
그러고 보면
산다는 것은 제 무게를 붙드는 일
빈 것을 채우기 위하여
거칠고 긴 꼬리의 한인 뉴스
오스트레일리아의 파란 눈금 하나 움직이지 못하고
고만고만한 200g 땅콩 껍질의 무게나 채우는
마음의 저울을 떠난 세월만 자꾸 무거워지고 있다

# 포옹

윈저 가는 길
사랑이 매달린 전봇대
바람에 떠난 사람과
아직 보내지 못한 이별들이 떨어져 구르는
거기 마지막 입술이 흩어지지 않도록
바퀴들이 몸을 비틀어 속도를 줄이는 곳
혹스베리강 물결이 안타까워 길을 적셔도
목이 마른 꽃들의
혀

포옹이 비틀리는
한낮
80km의 속도들이
뒤꿈치를 들어 경의를 표하며 가는 길
전신주에 새 꽃다발이 묶여 있다
거기 또 누구의 마지막 키스가
묶이고 흩어져 매달리는
윈저 가는 길

# 발

세상을 밀어내느라 뜨거워진 발을
감추며 떠오르는 비행기
고도 만 미터
바람의 경계를 넘어가기 위하여
숨을 고르고 있다

먼 곳을 건너오느라 뜨거워진 가슴을
식히며 내려앉으려는 비행기
마스콧mascot의 한 모퉁이
제 한 몸 눕힐 곳을 내려다보며
마음을 가다듬고 있다

올라가거나 내려가는 일
이곳에서 저곳으로 건너가는
경계는 얼마나 뜨겁고 두려운지
기계들도 저렇게
숨을 가다듬어야 하는 것을

마음에서 마음으로 건너가는 길
발바닥 한 번 뜨겁지 못해

세상을 밀어내지 못한

가슴을 감추며

건너가야 할 곳을 올려다본다

그믐

한인 농장 무밭에
뒤척이는 이파리들
조선족
동오 씨를 건드리는
그믐

두렁에 내린 이슬
버즘나무 젖은 달빛
잠드는
동오 씨 등을 적시는
삼경

검은머리흰따오기
무 이파리 파고드는
시드니
한인 농장 윈저의
밤

## 레이크 파라마타Lake Parramatta

파라마타 호수공원
40°C
12월 새벽 숲을 헤집다 돌아온
붉은 주둥이 뜸부기
발길로 만들어내는 물결을 비집으며
햇빛 밀려들어 오는 호수
그 뜨거움 어찌어찌 견디고 있을 때

물가로 밀리던 물풀들이
깊은 곳으로 뿌리를 박으려
바닥을 은밀하게 건드리면
발가락이 뜨거워지는 뜸부기
얼굴을 물속에 묻고 발로 공중을 할퀼 때

진흙 속 구름 뭉개지고
물속으로 스며드는
여름 동백
두어 송이
붉은

제2부

사랑 2


별에
마음을 새기는 일

나의 아픔이
너에게 별빛이길 바라며
온몸을 던지는 일

끝내 멍들지 않을
눈빛 하나 남겨 두는 일

## 숨이 가득하다


한가운데로 갈 수 없는 사람들이
거친 숨을 쉬러 오는
파라마타 호수

붙박이가 된 야생 오리들이
거꾸로 처박히며 자맥질을 한다
세상 어디에 숨 막히지 않는 곳이
참기만 하면 숨 쉬지 못할 곳이
있겠느냐는 듯
물속을 향하여 들어가는 것이다

산다는 일은 늘 깊은 거라며
몇 번이고 머리를 들이미느라
쌓이는 가쁜 숨을 참으며
물속으로 들어가 하루를 얻어 오는지
부리에 은빛이 파닥인다

검트리Gumtree 이파리 떨어져 그늘진 곳
애송이 오리들 갈퀴를 흔드는 발길질에
호수 가운데까지 숨이 가득하다

# 광덕사
—성규에게


암자가 놓은 셋방

부처와

분홍 진달래

바람을 덮고 사랑을 나누는

바랜 기와 부서진

햇살이 기대어 엿보는

담장 너머

오래된,

동광교 건너

남산모루

자비암

# 눈물을 돌아다보다
### —광수에게

보이지 않는 곳에서 아내가 운다

비상문을 열고 눈물이 나가고 있다
모든 눈물은 절정에서 온다는데
아내는 어느 벼랑을 걷는 것일까
침대가 한 뼘 커졌다
빛나는 것들도 울기는 할까
큰애 학부모 상담하러 가던 길
오월의 나무처럼 아내가 빛이 나는 것도
눈물에 많이 젖었기 때문이리라

기쁨의 울음 뒤를 돌아가면 아프지 않은 눈물은 없어
서러움 줄지어 높게 서 있으니
병원 유리 한 귀퉁이로 보이는 후박나무도
가지 어느 한 곳이 아픈지
푸른 잎 사이사이 반쯤 마른 이파리가 빛난다
내가 아파서 우는 걸까
자신의 서러움에 우는 걸까
점점 커지는 병원 침대처럼
이제 해마다 아내의 눈물은 작아지리라

흐려지는 비상문 틈 천천히 계단 아래로 내려가는 울음
많이 젖으면 많이 닦아낼 거라며
다 지나간 계절에도
잎 떨구지 못하는 나무가 손을 흔든다
한 뼘 더 자라난 침대 높아진 계단을
눈물이 눈물을 쓰다듬으며 내려간다

## 스마트폰

시드니
가을비 보냈더니
꽃비 화사한 서울의 봄이 왔다

팜비치
지는 해 보냈더니
먼동 트는 정동진 파도가 밀려왔다

외로움
잔뜩 담아 보내면
행복 터지는 가슴이 찾아오려나

궁금해
이스트우드 버즘나무
가지 속으로 봄비가 내린다

# 봄볕

산도
사랑을 잃었구나

연천 가는 평화로 한 켠
가슴 내어놓고
우는 산

쓰다듬는
봄볕에 몸을 찡그린
사랑을 잃은
산

살랑거리는
사월 볕이 쓰라린 산

## 우는 신발
—진학 형에게


하늘은 울 일이 없어 이 땅에 울다 가는 거다
다 울고 오라는 세상
얼굴을 내밀며 울지 않으면 엉덩이를 맞는 거야
울러 왔다는 거 잊지 말라고
그래서 피카소도 열심히 그린 우는 여인


나는 소리 내어 울고 있는 신발을 본 적이 있지
하늘에 줄 하나 걸어놓고
세상을 내려다보며
떠나는 맨발을 올려다보며
울고 있는 가지런하고 어여쁜 구두를 보았지
울지 않으면 미치고 만다고
우는 아이들이 모여 평화스러운 골목
팀 스피릿 바람이 한참이던 양평의 들판
선아였던가 2월의 외딴집
열다섯 소녀의 몸속으로 밀고 들어온 검은 구름
그때 울 수 있었으면
바람은 지나가는 거라고 수군거리는 사람들 앞에서
쉬쉬거리는 힘없는 아비를 붙들고 울었더라면
그 뜨거운 맨발이

눈밭 가득한 들길을 피해 갔을까

태어나는 것은 모두 아프다고
풍진 세상이 안타까워 예수도 그렇게 울었던 것을
얼굴을 내밀며 울지 않는 아이
그래서 엉덩이를 찰싹 때리는 거야
신발 하나 가지런히 놓이기까지
세상은 아픈 거니까
울어야 견디는 거라고

## 산이 잡는다

봄이 오면서
그늘 덮인 절벽이 허물어졌다
함께 살던 나무들도 같이 떨어졌다
지난 여름내 산을 깎던
사람들이 철수하고
겨울이 지나자
산이 무너진 중심을 잡는 것이다

건너 산
비탈을 허무는 사람들
여기 비탈진 곳을 깎으면
저 넘어 기울어지는 것을 모르고
허브꽃 동산 가는 길
숨 몰아세우는 가파른 언덕
평평하게 만들려는 발길이 한참이다

중심을 잡아주느라 아슬하던
절벽이 무너져 내린
산 건너의 풍경이다

# 견우를 수집하다

추운 저녁
푸른 얼굴로 우는 장경성
눈물로 떨어지는 새벽
비너스를 안아
금음琴音이 퍼지던 스무 살 밤

어제는
한참을 서성거리다
강을 건너며
자꾸 뒤돌아보는 눈을

오늘은
울음을 가두는 별
멀어진 자미원 너머
희미해 오래 빛나는 우수牛宿를 안았다

이제
마음의 별이 셋이다

# 누구

그냥 꽃
하는 것은 쉽지만
꽃?
하면 어려워진다

누구
하면 알지만
누구?
하면 희미해진다

꽃? 하면
멀어지는 아픔들이
귀를 들여다본다

그래서 누구?
희미해지는

# 너

너만 있으면
너만 있으면 된다 하더니
나 어느덧
너 없이 한세상 살았구나

서리 스미는 들녘 위를
기러기 날아가는 밤
상강霜降 지나
달빛은 지고

너 없으면
너 없으면 안 된다 하더니
나 어느새
너만 없는 세상을 건너고 있구나

# 뭉개진 종이배
—형훈이에게


'이제까지의 너와 나는 만나기 전의 너와 나로'
그녀의 편지

너와 나의 냇가에 흠실거리던
친구가 만든 종이배 떠내려갔네
열일곱 살의 이별은 그렇게 했네

너와 나
너와 나
나에게 밀려오네
푸른 파도에 뭉개져 오는 배
무덤덤해진 이별이
좋아서 나는 아픈지

열일곱 섣달의 셋방에서 전해 준
한 통의 이별이
나와 너
나와 너
만나기 전의 나를 잊지 말라고
너에게 가는 뭉개진

너와 너, 만나기 전의

너와 너의 종이배가

좋아서 아픈지


열일곱 친구의 이별이

자꾸 종이배를 타고 찾아왔으므로 나는 이별하지 못했네

## 그림이 있는 방앗간

팔팔 끓는 물속에서 연꽃이 올라온다
여기저기 또 저기
엎어진 수제비 그릇
연못을 뚫고 풀럭풀럭 꽃이 핀다
꽃 속에 방앗간
여름, 평벨트 빠르게 돈다

수제비 한 그릇 뜨겁게 먹는 팔월
팽팽한 물속
파란 그림이 들어간다
잠든 노란 그림 속으로 연못이 들어간다

평벨트가 삑삑거리고
펄펄 끓는 솥으로 연꽃이 엎어진다
그림들이 줄을 서서 수제비가 되고
날카로운 벨트에 베인 수제비 그릇 속으로
당신이 구르는 방앗간
그림이 있는 벨트가 가끔 끊어지면
그림들이 우르르 밖으로 나가
냇가로 뛰어갈 때

좋았다
끊어진다는 것이, 참혹하게
끊어지지는 않는 것들이

색소폰


그대를 향해 불고 싶었네


떠나는 배들을 향하여
낮게 낮게 사랑을 불어대면
눈물이 흔들리는 물결로
그대의 가슴에 도착하리라


그러나 색소폰처럼
구슬피 사랑이 걸어가는
서큘러 키 역 거친 물결에는
그리움이 흔들리고 있구나


그대를 향해 불고 싶었네


이별하는 아픔들을 향하여
파도로 일어서는 사랑을 불어대면
막막함이 출렁이는 물결로
그대의 가슴에 도착하리라


그러나 색소폰처럼

구슬피 사랑이 걸어가는
서큘러 키 역 녹슨 물결에는
그리움이 흩어지고 있구나

컵


손 한번 잡아주는 것이 사랑이라고
가슴을 내미는 컵

한때
소용돌이가 거기 있었고
사랑하기에 떠난다는
날 선 인정에 썰린 눈물들이
뜨겁게 맴돌다 돌아갔을 손잡이 떨어진 컵
마음을 내밀다 다친 절반의 사랑
뜨거웠던 기억을 잊고
눈물도 아득할 거라고
볼펜을 꽂아둘 뿐

숨은 절반으로
더 많이 뜨거워질 수 있는
반쪽의 사랑을 감추고 만
컵
두 손으로 감싸야 잡을 수 있는
깊어진 가슴을 모르고
손잡이가 떨어졌다고 한다

# 굴종

낮이 깊어지는 세상
몸을 곧추세우고 있는 능수버들
둑에 앉으려는 바람이
풀잎들의 눈물로 잔가지를 건드렸다

까끌거리는 그림자
어두운 길로 가는 것들과
거기 두려움에
코를 꿰뚫려 태어나는 것들이
같이 묶여 엎어진 매듭
저것이 까끌거리는 껍질인 줄 모르고
능수버들
빳빳이 휘어지고 있는 굴종
몽우리 돋우는 가지에
바람이 풀잎의 눈물을 태우는
한낮

# 진짜 시인
―경학이에게

오랜만에 친구들이 모인 자리에
갑자기 떠오른 생각을 메모하려 받던 술잔을 놓으려니
"야 야 개지랄 떨지 말고 쐬주나 한잔 빨자.
그게 진짜 시다 촌놈아"

늘 제가 사는 게 시라고
오래된 연인
소주와 함께 산을 오르고
얼음 언 강을 쏘다니다
단체 톡에 친구가 아프다고 하니
소주를 마시다 말고
큰 나무 하나 찾아 오체투지를 한다

몸으로 하는 게 시라고
소주가 시인 것을 모르는 너는
가짜 시를 쓰지 말라며
한 잔 가득 세상을 따라주는 놈
받다 말고 보니 경학,
웬만한 술 이름보다 셀 저놈
경학憬敲이 아닐까 하여

나도 모르게 잔을 굳게 잡으며 나오는

소심한 한마디

그래 진짜 시인은 너다

제3부

잔뜩


안개 깊어
별 하나 보이지 않는 밤
마당에 나와 보니
나무와 풀, 꽃에
잔뜩 별들이 매달려 있다
이제야 별이 떠오른다는 말을 알았다

## 나이롱 참외

퇴원하면 나이롱 참외를 드시고 싶다던 아버지
끝내 병실을 나오지 못하고 떠난
로얄노스쇼어 병원
창밖을 내다보는 저무는 세상을 알고 있는 눈
병문안 온 나를 가만히 올려다보던 조앤처럼
윈저 혹스베리강에 기대어 있는 한인 농장
죽음 가까이 서 있는 잡종견 맥
근처를 지나는 이웃의 차를 일일이 쫓아가며 짖어대는
눈 속에 시드는 흙바람을 세워
아직은 살아있다고 황톳빛 울음을 토해내고 있다

저 늙은 개의 눈, 살아온 들판을 담고 있는지
구부러지는 무릎으로 주인을 쫓아가며
블루마운틴 능선을 창밖처럼 내다보다가
무 이파리를 더듬는 주인의 얼굴을 담다가
털털거리는 봉고를 끌고 와
그의 거룩한 수행에 끌려가던 오수를 깨우는
나를 향해 짖어대기 시작한다
세상을 쓰다듬던 고개를 돌려 으르렁거리는
조앤을 닮은 개의 눈을 바라보다가

나는 나이롱 참외를 껍질째 한입 가득 깨문다

세상에 오래 입원했다 퇴원하신
헛헛할 아버지 입에 흙바람을 적신다

파란 깃발


아버지의 삶을 지옥으로 만든
오래된 깃발

북녘의 핏줄을 더듬으며
파랗게 나부끼며 잠든 아버지
잠결에 잠깐씩 보았을

따뜻한 색만 보이는
저 고향

너는 어떤 색이냐고 묻는
늙은 아수라를 밀치다 보면
저만치 다가오는

따뜻한 색만 보이는
저 고향

# 굵어진 편지

시드니 어밍턴 마당
옆집에서 얻어 심은 어린 버즘나무
작은 잎들을 뽑아내던 여름이 가고
겨울 맨가지로 떠는 게 안쓰러워
자꾸 눈이 가는데
'잎을 떨궈야 굵어지는 거다'
아버지 빨래를 널다 말고 한 말씀 하신다

자주 가던 눈으로는
굵어진 줄 모르겠던 단풍나무
아버지 대신 빨래를 널다 보니
이파리 떨어트리는 실한 가지가 보인다
아버지 가신 지 십 년이 지나
굵어진
편지가 도착했다

밥


세상의 골목에서 먹는

즉석밥 말고

시간 맞춰 부르르 끓고

생각 없이 뜸이 드는 전기솥 밥 말고

소요산 골짜기

그늘진 비탈의 눈밭에서

대웅전 불빛을 붙들고 나무들 꾸벅이는 새벽

산 아래 허름한 점퍼에

볕을 걸치러 나가는 이를 위해

어둠이 쪼그려 앉은

가난한 솥이 올려진 부엌

설핏 드는 꾸벅잠을 흔들어

조바심 난 마음에

먼저 뜸이 드는

# 강

덕둔리 가는 길
물길이
열두 번 굽이치고 나서야
흙 속에 묻힌 발자국을 끌어 올리고서야
움직이지 않던 돌들이 길이 된다
한탄강이 되고
임진강이 되어 서해로 간다

굽이치는 물결만큼
뜨겁게 타오르기 위하여
열두 굽이 길이 된 바위들
몸 깊숙이 새겨진 무늬
솟구치는 용암 위에 놓인 발자국
기억의 길 위로
노을 드는 강이 굽이쳐 흐른다

# 한탄강

순하게 흐르던 강물이
물결에 가시를 돋우는 유월
사람들 스스로 금을 그어 놓지만
때로는 사는 일이 저 강물과 다르지 않고
가슴에 회오리 한둘 지니지 않은 이 없어
이웃처럼 강물이 사람의 둑을 넘어온다

초성 지나 전곡리 가기 전
철조망 두른 강물이
사람의 마을로 내려오고
그런 날이면 비는 내리고
일사 후퇴 홀로 내려오신 아버지
'단기 사천이백팔십삼 년 유월'
흑백마을 비스듬히 찡그리며 서 있는
사진 속 누이를 만나러
강물의 경계를 지우며 빗속으로 들어가신다
평강 지나 함흥 그 너머 맨발의 아버지 산천
흙탕물 속을 건너오는 누이를 만나러 가신다

그리움이 강을 건너고
철조망이 사람의 둑을 넘는 유월
연천 못미처 회오리 이는 한탄강이다

품

파 껍질을 벗기고 있는 함흥댁 남자가
품으로 누운 지 삼 년
볕 잘 드는 밭에
잔뿌리 흩뜨리고 뽑힌 파
시장으로 팔려와 겹겹이 누웠다
함흥댁 한 묶음 뿌리에 묻은 흙을 털어낸다
친정집을 나서며
구두에 묻은 흙을 털어내던 사내
시래기도 될 수 없는 파 껍질을 벗겨 내면
세상에 벗겨진 남자가 깨어날 시간

젊은 날 사진이 걸린 방
곱게 누워있는 남자
함흥댁의 방에서 신음도 내지 않는다
푹 절인 밥상이 밟히는 소리
꺾이고 휜 파는 고랑에 남겨지고
꼿꼿한 사람들은 밥상에서 버려지지만
방 안의 남자 숨소리 높다
'밥이 되다'
한마디 내뱉는 사내의 목소리가 떨린다
꺾인 껍질들을 벗겨 내던 함흥댁 문득 뒤돌아본다

# 벌이다

딸애 때문에 속을 끓이니
정 선생이 한마디 한다
자식이 별이다
보지 못해 그렇지
시에서 별 타령 말고
한 발자국 물러나면 보일 거라고

그 말이 내게는 벌로 들렸어

자식이 벌이니
아픈 마음을 쓰다듬어
이렇게도 못 하고 저렇게도 할 수 없는
벌 받는 맘으로 오래 안아 들면
별이 되려니 생각이 드는 게야
죄 많은 내게 벌을 주려고
세상에 온 별이라니
팔이 떨어져 나갈 게야

빛나게 안으려면

## 닿지 않는
—사랑

밥보다 못한 것
아버지 말씀
귀에
못이 되었어도
사십 년이 흘러도
손
닿지 않는

고苦


세상이
저문
빗물 드는
항아리 출렁이며
물길을 가는, 그믐
흔들리는
뒤란의 나무를 짚다가
별이 끄는 힘으로
잡은
손
어두운 경계를
뚫고
기어이 닿으려는

# 성환이

금이 간 시멘트 기둥에 매달려
바람을 견디는 쇠막대 문을 쓰다듬으려
사월 버즘나무 잎 떨어지는 어밍턴
담 없는 대문들이 쓸쓸하다

고향을 떠나 방학동으로 이사한
외삼촌의 단칸방으로 들지 못하고
뉴질랜드로 떠난 형을 생각하는지
야근하고 돌아오는 밤
방문을 열면 바람이 쏟아져 들어오는 셋방
벌어진 벽을 후비는 세상을 막느라
덜컹거리는 쇠막대로 서 있던 성환이

허술한 방문들 앞에
성환이 같은 이들이 서 있는
어밍턴의 옛집 앞을 지나가면
쇠막대 쓰다듬는 소리 들린다

# 계단의 손

지하철
밖으로 나오는 계단 가운데
고개 들지 못한 손바닥에
한낮이 엎드려 있다

한 떼의 발자국이 지나가자
오므린 손, 동전 서너 개가
무릎 꿇은 조아림에 답하고 있다

그 손
햇볕이 담겼던, 손
깊숙이 평화로웠던 하늘이
계단 한 귀퉁이까지 물러나
무릎처럼 엎드려
손바닥에 담긴 세상을 가늘게 엿보고 있다

모았다 펴고 폈다 모으는 손끝으로
하늘이 낭겨 왔나 물러가고
다시 끌려와 무릎 꿇는 한낮이다

저低

우물가
늦은 오후 살랑거리는
나비
풀잎 시드는 명왕성의
한낮
어디쯤 제 깊이를
재고 있는 속,
속으로
날개를 치는
깊고
위태로운
저低

# 호야
—태호에게


입으로 불을 끄면 심지 그을음 길게 올라가는 방
들어가 보지 않으면 어두운 골목
이담면이 동두천시가 되는 동안
등꽃 피는 마당 외가는 사라지고
늘 그을음이 된 막내 외삼촌이 무너트리고 간
어수동역 기차 소리와 살던 집
등나무 베어진 자리에 들어선 회색 건물처럼
마음이 흩어진 자리에 들어선 그을은 기억

오래오래 전에는 할머니 할아버지
삼촌 이모 숙모가 식구였더니
어느새 우리는 따뜻한 시절이 지나
서로를 북북 닦아내고 있지만
그을음에 한 줄 심지처럼 남은
마음에 찍힌 기억
꿈틀대는 그리움 심지를 타고 올라오는지
오래전 그을음을 닦으며 골목을 들여다본다

## 스마트 문자

혼자 사는 시인이
사이렌 울리며 병원에 갔다 온다는
몇 안 되는 지인들에게 보내는 문자
외롭다는 말이다

여행을 계획 중이라며
오래전 친구가 보낸 문자
외롭다는 말이다

김 서방 하면서 전화벨이 울렸다
여든일곱 되신 아버님, 어떻게 지내나
그만그만 잘 있습니다
장모님 떠나신 지 넉 달, 건강은 어떠세요
일없네, 자주 전화드리겠습니다
몸조심하게
외롭다는 말이다

기다리는 사랑을
끌고 갈 힘없는
외로운 문자
공중에 홀로 떠는 밤이다

# 망설임

    다리 많고 기다란 벌레 한 마리가 길을 나선 그때 불이 켜졌다 완전 멈춤 환한 타일 바닥이 생소한지 좌우를 살피다 잠시 망설임, 앞으로 꿈틀꿈틀 기어가기 시작한다 물 몇 방울이 빠져나가다 멈춘 블랙홀 앞 망설이는 물 냄새를 맡고 가는 중인지 어두움에서 빛으로 나온 두려움 때문인지 가다가 잠시 잠시 대가리를 들고 흔든다 올려다보는 시늉을 한다 내려다보는 눈을 마주치고 잠시 망설이는 듯 뒤를 돌아보고 몸 절반을 구기다가 펴더니 별반 서두르지 않고 꿈틀거리며 앞으로 간다 뒤를 보지 않으려는 듯 머리를 주욱 내밀며 간다

    망설임, 휴지를 끊을 것인지
    스위치는 멀리 있다
    불을 끌 것인지
    이건 정말 아무 일도 아니다
    타일 바닥이 어두워진다
    검은 구멍은 어디에든 생긴다
    위를 올려다보면 안팎의 빛이 멀어진다
    사실 움직이는 것이 어두움과는 상관없는 일이다

# 행복한 신문지

팔월
째지는 채송화
빛줄기
튀는 툇마루
흙 묻은 사내
낮술로
다리 쭉 뻗고 잠든
볕 잘 드는 싸리나무 집, 꿈꾸는
행복한 신문지 길게 늘어서 잠든

그때


나 죽어 당신에게
눈빛으로 남으면 되겠다

세상에 잊혀진
어두워 따뜻한 시절
그 눈빛으로 남으면 좋겠다

지워지지 않으려는 별 하나
지워지려는 눈빛 하나
휘어지는 길
밀려가던 마음이, 올려다보는
눈빛이
별빛이 되어
거기 남으면 되겠다

나는 벌써 잊혀진
어느 겨울
당신이 그리워 따뜻해지는 길

제4부

.

# 낮


한낮이
지나가는 숲
그늘진 풀잎들이 모여있는 곳
조그만 꽃잎 오므린 틈에
반짝이는 이슬
지난밤 남은 별 하나
깊은 낮을 비춘다

# 비둘기 복음서


일요일

한낮

차들이 빼곡한 한인 교회 주차장에

다니러 온 비둘기들

볕 좋은 마당에 킬킬대는 청춘들

발에 걸리는 봄볕을 먹고 있다

칠칠해지던 젊음 하나가

곁에 있던 볕을 내주기 아까웠는지

농하는 얼굴로

어떻게 해야 하늘로 오를 수 있냐며 다가가니

짚 검불도 무겁다는 듯 툭툭 털며 날아간다

그린에이커 구월 봄볕이 따라서 날아간다

# 풀잎

뿌리를 깊이 박고 사는
사랑받는 나무가 아닌
풀은 땅을 기어야 한다
고개를 들면 뿌리째 뽑힌다
그래도 꼿꼿이 서는 풀들이 있다
벌판이나 산기슭에서
묵묵히 바람을 가르고 있을 때
세찬 바람 앞에 고개를 숙인다고 웃지만
들여다보면 누우면서도 바람을 비껴 던지고 있는 것을
사량발천근*
하늘로 얼굴 꼿꼿이 드는 풀잎들이
가지고 있는 힘이다

---

\* 사량발천근四兩撥千斤 : 무예나 무술에 쓰이는 넉 냥의 힘으로 천근
을 다룬다는 말.

# 누가
―김남주 시인 생가에서


한 가수가
마약 사범으로 징역을 살 때
매일 면회 와 눈물 흘리던
사랑을
출소 후 이야기해
티브이 안팎이 울었고
잘나가는 예능 가수가 되었다

민주를 위해
독재와 싸우다 옥살이할 때
사랑하는 조국에 눈물 흘리던
시인은
출감 후 고문 후유증으로
곧 세상을 떠났고
찾는 이 없는 지붕 날아간 생가가 쓸쓸하다

# 희망버스

내려오는 일
쉽다 말하지 말 것이
굳은 곳을 적시며 흘러내리는 일
가로막는 바위를 쓰다듬는 일

아래를 향하여 내려오는 일
순리
눈물이 거칠어지는 소리
바위에 부딪쳐 찢어지면
그제야 순리

딱딱한 바위는 눈물에 새겨지고
눈물이 빗물에 새겨 넣은
그 아픔들을 붙들고 있어
오늘도 혼자 내리지 않는 비
그래서 순리

# 개

석세스 스트리트를 개 한 마리가 미친 듯이 달리고 있다
몇 대의 차가 달려오고
총을 든 사람들이 내려 개를 향하여
방아쇠를 당길 때
개는 힐끔 돌아봤다 붉은 눈으로
타앙
친구라며 부르던 주인의 목소리
굴종의 목줄이 흩어졌다
몸을 떨며 쓰러지는
개의 얼굴이 당당하다
먹이를 기다리며 손등을 핥던
기억이 사라지는 얼굴이다

식구에게 주인은 없다며
사람을 문 개가 실려 떠난 자리에
핏자국만 남아서 바퀴를 밀어내고 있다
가족처럼 주식회사 AAA+
미친 간판을 단 차가 지나간다

# 304번지

늦가을
마당의 어둠이 무섭다고
귀뚜라미 울던
부뚜막
밤이면 냉장고가 울더니

봄이면
냉장고 울던 부엌
앞마당
꽃잎이 무섭다고
한낮에 엄마들이 운다

# 괄약근이 울다

버스가 멈춰 선 큰길에 너는 꼼짝 않고 누워있다
반짝이는 것들이 아스팔트에 몸을 섞는다
너인가
어두워지는 계단을 내려가다
무릎을 세우고 스미는
흙 속으로 잦아들던 너를 만났던 것인가
변두리 연탄재를 밟는 발을 밀어 올리며
비탈진 내리막까지 올라오는 도시
허공에 흩어지는 눈물들이
십자가 붉은 하늘을 후려치고 가는 골목
한 포기 흔들지 않는 뿌리
가난한 욕심을 조이며 빛나던 몸짓을 향하여
깜빡거리는 행후 밖에서
마네킹의 입술 끝이 올라갈 때
사이렌 소리
복福을 드러낸 몸
저녁으로 밀려오는 검은 강
천천히 끔찍하게
천천히 확실하게 엎어진 무릎
웅성거림이 이별이 되는

눈물이 흘러나가는 마른 시궁
우아한 손짓이 되지 못한 손가락이
검은 강을 긁는다
괄약근이 풀린다

# 화분

사람들 형광빛으로 앉은 사월
이스트우드 강신영 병원
티브이 화면 속을
절뚝거리며 지나가는 서울
바닥 평평한 항아리 화분
벤자민고무나무 몸을 기울이고
고개 숙이는 304호
중심을 흔들어
마른 초록을
비집는
파도

사람을 바라고
사람을 만나러 온 뉴스가
이민의 바닥을 긁어대는
항아리에 갇힌 나무 밑까지 찾아왔으나
몰아치던 파랑으로도
끝내 열지 못한 문
잔잔한 바다 저 멀리
기척을 죽이며

천천히 가라앉는

한낮의 검은

배

모르고 산다


희망버스 쌍용자동차
밀양 송전탑 꼭대기
세월호 세 시간
아이돌 눈빛
비정규직
원주민
이별
별
차별
울룰루
노예 계약
빨대 반달곰
코알라 흰따오기
사오칠 영주권 사기
보호되어야 존재하는

이름만 들어도 아픈 것들

# 떨지 마라
—용권이에게


동두천발 단체 톡에 조태진 시인의
「비 오는 날에 소주를 마시다」가 올랐다
소주를 마실 때 비가 오거나
제목만으로 한잔 걸친 친구가 올렸으리라
'희망버스'의 송경동 시인이 함께하는
'일과 시' 동인이라고 전하자
우다당리 황톳길 버스 안인 듯
톡방이 움칠거린다
송전탑 크레인 용산이 얼굴 바짝 들이미니
이름만 듣고도 심쿵한 놈들도 있겠지

그러나 친구들, 떨지 마라
가투 현장 한번 못 가는 우리들 아니냐
세상을 위해 으스러지게
주먹 한번 쥐어보지 못한 우리들 아니냐
깨진 거울 앞에 손 불끈 못 쥐는 우리가
떨 일이 뭐 있나
새끼들 곤한 잠 쓰다듬어 보는 황홀한 손길에
흔들리지 않는 새가슴 어디 있을까
시는 니희가 쓰고 니는 읽거 꺽느니
이 밤 시도 뒤척이는 밤이다

# 나비가 되라 한다
—세월호 희생자들을 추모하며


나더러 바람이 되라 한다
한라산을 올라가던 걸음을 당기는
움직이지 마
선생님 제가 나가 보고 올까요
괜찮아 바람이 되자
헬리콥터 소리 천둥처럼 들리는
한 시간이 지나간다

엄마 배가 기울었어
구명조끼는 입었니
포기하지 않기 살아서 오기
굳어가는 손가락
애써 바람을 끌어내는
뜨거운
두 시간이 지나간다

마지막 숨결로
'사랑해'를 보내는 친구가 손발을 버둥댄다
조금만 있으면 괜찮아
승무원 누나다

천둥처럼 들리던 희망의 프로펠러 소리
애기소라 귀만 하게 멀어지는
세
시
간
이
지나간다

검은 손에 목을 잡힌
팽목항
나는 물속에 있어
엄마가 운다
아직 따뜻한 다리 몇
꿈틀거리는
하루가 지나간다

바람이 지나가며 속삭인다
나비가 되어라
다 못 간 수학여행
돌아가지 못한 대문과

일주일 전 만났던 계집애
가슴에 부푸는
보름

친구 몇이 솟아오르는
파도 사이를 파랑파랑 지나가는
스무날

노란 리본을 달고 부른다
나비가 되어라
용서하지 않는 나비가 되어라

찢어진 날개 흩어지는
그믐

이제 그만 깨어나
파랑을 일으키는 나비가 되라 한다

# 삼춘통닭
— 진용이에게


동두천 중앙시장 성결교회 앞
'삼춘통닭'
펄펄 눈이 끓는 모퉁이
어둠이 묵묵히 성가를 듣는다

얼굴을 갖지 못해 서성거리던 스무 살
눈 내리는 골목
달라붙는 함박눈을 핥으며
머리를 떼어놓고 굴신으로 엎드려
순교를 기다리는 몸들을 향하여
성가가 울린다

눈 내리지 않는 시드니
서른아홉 해가 지난 지금도
흰 눈을 생각하면 데인 듯 벌게지는
어두워 더 뜨거웠던 골목

# 어디


단체 톡에 사진이 올라왔습니다
어두운 건물 위에 올라앉은 네온이 빛을 냅니다

"철야 갔다가……^^ 우리 교회~^^"
"카드 사진처럼 멋지다"
"외국 관광지 같네…… 장로님 수고 많으셨네"
"우리 교회 아닌 줄 알았어요~ ㅋ"

깊어지는 어둠에 네온 빛이 주위를 자랑스럽게 둘러봅
니다
전에는 세상이 어두울수록 예수의 종소리가 그랬습니다
오늘은 따뜻한 눈빛으로 붙드는 손길은 없고
네온이 올라앉은 뚱뚱한 건물
자꾸 숙여지는 어두운 얼굴만 보입니다

## 골고다

 그대 내려가고 있는가 가다가다 실눈으로 웃고 있는가 모두들 우는 비탈길 눈물을 밟고 가는가 그대 거꾸로 가는가 내려가는 길 거대한 신전에 기도하는 이들은 여전히 뜨거운가 그대의 내리막길을 찬양하는 저 금 십자가 왜 이리 뜨겁게 빛나는가 어디서 제 넘어진 줄 아는 다윗은 누구에게 무릎 꿇고 있는가 금 십자가 들고 어디로 가는가
 여기는 골고다의 오후
 우리아의 손에 들린 신문은 거의 도착했는가
 21세기 국민의 나단은 아직 잠들어 있단 말인가

# 기억을 포기하다
—진석이에게

앞이 잘 보이지 않아 택시를 세웠다
창에 입김을 불어 눈썹을 그렸다
눈을 그리기도 전에 눈썹이
ㅆ으로 구부러지며 멀어지는 세상을 노려본다
길 위의 모든 것들이 찌그러지고 있다
눈이 내리기 시작하고
저녁이 엷어지며 ㅅ자 한 개 끊어지는 소리가 들린다
비틀렸던 몇이 제자리로 돌아갔다

무슨 일이 일어났는지 기억할 수 없다
눈이 눈으로 들어가 차가운 눈
보이지 않는 세월
나는 금방 아팠고 추웠고 춥지 않았다
사는 일에서 한 발짝도 떨어져 있지 않아
눈물 곁으로 한 발도 다가가지 않아
한낮의 검은 하늘에서 내리는 눈이 하얗다
가슴에 쌓이는 눈이 시커멓다
육백여덟 개의 눈이 파랗게 쳐다보는 날
우리는 눈을 포기했다

버려진 눈이 이만한 일로 울 수는 없다
다리 하나 건물 하나 작은 배 한 척
서로의 기억을 포기해 삼 년간 바람도 불지 않았다
검은 눈 가득 쌓인 가방으로 들어간 귀가 문을 닫고
아무도 눈을 달고 다니지 않는다
서로의 눈을 포기한 『눈먼 자들의 도시』*는
금방 아팠으나
그리고 금세 행복했다

* 『눈먼 자들의 도시』: 주제 사라마구의 소설.

# 우리의 소원은
　　—승남이에게

우리의 소원은 행복
꿈에도 소원이 행복

우리의 소원은 싸우지 않는 것
우리의 진짜 소원은
우리가 우리를 좌파 빨갱이라 부르지 않게 되는 것
우리의 진짜 진짜 소원은
우리가 우리에게 수구 꼴통이라 손가락질하지 않게 되
는 것
우리의 끝내 소원은 서로를 물어뜯지 않는 것

그러나 소원을 이루지 못한 우리의 아픔은
눈앞에 있는 것이 가장 멀다는 걸 알고 있는 것
아프고 아픈 것은 우리를 서로 등 돌리게 하는
저들에게 끌려가면서도 그것을 모르고 있는 것
흔드는 밥그릇에 우리의 몸이 구부러질 때
그들의 배는 자꾸 불러가고 있는 것

큰 행복이 작은 행복에게 밀려
뒷전으로 가고 있는 오늘

우리의 소원은 통일보다 먼저
우리를 갈라놓는 저들을 뿌리쳐 밀어내는 것

# 버즘나무

시드니 북서쪽 세인트올번스St. Albans 가는 길
봄이 지나가는 나무 밑에 차를 세우니
먼지 뒤집어쓰며 늘어선
버즘나무 팔랑팔랑 손을 흔든다

뿌리 흔들리던 길가
이담면사무소 앞 한길이 보인다
손 흔들어야 살 수 있다며
오후반 아이들이
미군들을 향해 팔랑거릴 때
가로수에 버짐이 하얗게 피어있다

# 처음은 점이다

골목과 큰길이 만나는 곳에 작은 점이 생겼다
빛에 붙은 희미한 빛을
아무도 보지 못했다

보도블록을 지나가는 발자국들
구두 굽에 매달리는 하루를 뿌리치고 있다
헐렁하게 비어가는 얼굴들이
뭉쳐지고 뭉개지고, 수없이 얽혀 드는
저 발들이 돌아가기 시작하는 저녁 위로
도시를 떠도는 점박이 고양이들이 우르르 지나갔다

큰 빛을 따라다니던 그것은 작은 빛같이
얼룩진 블록을 비추고 있다
그래도 여기밖에 없다고 아스팔트를
건너가는 사람들 틈에서
씨를 뿌리며 외치는 남자가 있다

'영혼은 육신보다 크고 무겁다
100근밖에 나가지 않는 몸이
천 근이 되고

만 근이 되는
영혼이 몸을 누르는 때이다'

어둠에 희미한 어둠이 묻으면 빛이 되고
환한 페인트에 어두운 페인트를 칠하면 점이 된다
어느 날 깨진 블록을 밟아 넘어진 아이가
그것을 보았다
빛에 점이 있어요
아저씨 여기선 풀이 자라지 않아요

빛의 무게는 무겁다
끊임없이 내려오는 것을 보면
까진 무릎에 울던 아이가 일어나 가고
남자가 붙들던 저녁도 갔으나
하루는 아직 넘어져 있는 길
귀퉁이 블록 사이에 죽은 듯 있던 풀잎이
천천히 고개를 들어, 골목의 어둠에
덜 검은 어둠이 들어서며 빛이 되는 것을 보았다

등을 든 사람이 물었다

저것이 점인가
늘 가볍게 해주는 빛이 어깨를 무겁게 하는 날
사람들이 갸웃거린다
점 같아요
아이가 지나가다 말한다
여기엔 아무도 무얼 키우지 않아요
확실한가요
늙은이가 지나가며 희미한 빛이라고 한다

우리는 아무것도 보지 않았다
영혼의 무게가 한없이 무거워진 그때처럼
골목의 어둠에 하나둘 점들이 들어서고 있던
어둠에 스미는 덜 어두운 점들이
빛처럼 들어앉는 골목
너무 어두우면 불이 켜질 위험이 있으므로

덜 어두운 어둠이
더 깊은 어둠을 쓰다듬으며 가는 곳
영혼은 육신보다 무거워지고
점이 빛처럼 피고 사라지는 길

희망은 좁혀지고 멀어지고
육신에 영혼이 업혀 질질 끌려가도
바뀌는 것 없는 봄 저녁 골목

점박이 고양이 눈빛이
보도블록 사이사이 솟은 풀잎으로 내려앉았다
무겁게 내려오는 빛을
이리저리 굴리고 있는 발들

연예 스포츠 스타들의 몸값이
천정부지로 솟는다
방송국에서 공항까지
몸살을 앓는 팬들
봉건의 시대가 지나간 21세기
사람들에게 남는 시간을 가두는
어둠에 덜 어두운 점 하나가 들어가 빛이 된다
어깨는 저 빛이 한없이 무거워질 것을 모른다

연일 화제가 되는 스포츠 중계
예능의 아이돌이 주연으로 나오는 드라마

스타들의 집 앞에 밤을 새우는 아이들
손발에 얼룩이 진다 아아 저 점박이들이
민주주의를 비틀어대며 감시하는
자본주의의 눈이다

그것은 빛에 빛 같은 점을 찍어주면 되는 일이다
점박이 고양이 발자국 소리만 들리는
깜깜한 어둠에 빛 같은 어둠을 슬쩍 던져두는 일이다

# 시드니와 동두천 사이의 거리를 좁히기 위하여

이승하(시인·중앙대 교수)

외교부에서 발행한 『외교백서』란 책자를 본 적이 있다. 재외동포 현황표를 보니까 2015년 판에 718만 4,872명으로 되어있기에 그 숫자에 깜짝 놀랐었다. 여기에 허가받지 못한 이민자는 포함되어 있지 않다. 이 많은 재외동포 중에 한글로 문학작품을 쓰고 있는 사람이 최소 10만 명은 될 것이다. 그들은 어떤 작품을 쓰고 있는 것일까. 국제PEN 클럽 한국본부에서 3년째 정부의 도움을 받아 '세계한글작가대회'를 연 이유도 여기에 있다. 자연발생이 아니라 학자들이 임금의 명을 받들어 창안해 낸 문자인 한글의 우수성을 세계만방에 알리자는 것도 목적의 하나였지만 재외동포 문학의 현주소를 점검하자는 것이 대회 개최의 중요한 이유였다.

발족 18년이 된 한국문예창작학회에서는 1년에 두 차례씩 해외에 나가 현지의 문학인들과 국제문학심포지엄을 가져왔는데 국제PEN클럽 한국 본부와 말이라도 맞춘 듯 비슷한 목적의식을 가지고 해외에 나가 '한글'로 '문학작품'을 '창작'하는 이들에게로 관심을 돌리기로 했다. 그래서 재작년 여름에는 미국 LA에 가서 그곳의 교민들과 심포지엄을 가지면서 미국 서부 쪽의 한인 문학을 점검한 바 있다. 작년 2월에는 호주 시드니에서 한호일보의 도움을 받아 국제문학심포지엄을 가졌고, 여름에는 미국 알래스카에 가서 재외동포들의 삶과 꿈을, 고민과 애환을 들어보았다.

시는 대체로 윤필립이, 수필은 이효정 씨가 호주 한인 문학의 개척자가 아니었을까. 2015년 제1회 세계한글작가대회에 호주 대표로 와서 호주 이민 문학의 역사를 들려준 이는 이효정 씨였다. 미국 한인 문학의 역사에 대해서는 그간 여러 사람이 책을 냈고 캐나다 한인문학의 역사는 부경대 송명희 교수가 썼다. 호주에 오래 거주한 박철 시인에 의해 김동호(돈오 김) 같은 세계적인 작가와 호주 문단에 대한 소식이 간간이 이 땅에 전해지기도 했지만 이제는 호주 한인 문학의 역사를 기술할 사람이 나올 때다.

작년 2월 중 호주에 2주 동안 머물면서 보게 된 팸플릿 시집 『캥거루 편지』의 제1권에 눈에 띄는 시를 발표한 이가 있었다. '캥거루 문학회'의 일원인 김오 시인의 시집 원고를 보고 해설 쓰기와 출판사 알선을 흔쾌히 자청한 이유는 한국문예창작학회의 최근 행보와 무관하지 않다. 재외동포 문인들의 작품을 국내 문단에서도 이제는 유심히 보고 올바르게 평가해야 한다고 해설자는 생각한다. 김영삼 정부 때부터 세계화니 국제화니 줄기차게 부르짖어 왔지만 우리 문단은 여전히 전근대적이고 국수주의적이고 폐쇄적이 아니었나, 반성해야 한다. '그들'의 작품이 아니라 '우리' 작품이라는 인식이 필요하고, 이제는 우리 문학의 일부로 재외동포 문인들의 작품을 평가해야 한다. 『캥거루 편지』 제1권에서 읽은 시는 이런 내용이다.

일요일마다 아이 셋을 데리고
장을 보는 남자가 있다
세 살배기 막내가 막대 사탕을 집어 들다
"안 돼" 하는 소리에 움찔대면서도 놓으려 하지 않는다
그 서슬에 일곱 살 큰애 곁에 있던
아이스크림 통이 얼른 물러선다
사내가 두부와 계란 파 깐 마늘을 집어 들자
짱구나 꼬깔콘이 움찔거리며 가게를 나선다
소문 한 귀퉁이를 들어보면
서른 초반의 나이에 이민 와
아이 셋을 아비가 홀로 맡게 되었단다
세 살 다섯 살 일곱 살
한참 엄마 손이 닿아야 할 아이들
아비의 등을 쫓아 나가다 멈칫 "안녕히 가세요"
그래, 그래 너희들이 안녕히 가라
엄마 손이 그리운 얼굴 셋이
아비의 등만 보고 긴 이민 길을 걷고 있다

아비와는 또 다른 이민의 아픔을 살면서

—「이민」 전문

　이 시는 부제가 '엘림식품 1'이다. 엘림식품은 시드니에
있는, 시인의 가게 이름이라고 한다. 화자는 시인과 동일인
일 터인데, 목격담을 시로 썼다. 무엇을 목격한 것인가. 서
른 초반의 나이에 이민을 온 사내가 아내와 같이 못 살 무슨
일이 있었는지 아이 셋을 혼자서 키우게 되었다. '안녕히 계
세요'라고 해야 하는데 "안녕히 가세요"라고 말하는 아이를
포함한 세 아이가 참 순한데, 화자가 보기에 측은하기 짝이
없다. 이 아이들은 "아비와는 또 다른 이민의 아픔을 살"고
있다. 엄마의 손길이 많이 그리울 나이이건만 엄마는 어디
가고 없고 아빠와 함께 식료품을 사러 나왔다. 주변에는 온
통 노랑머리, 하얀 피부, 까만 피부의 아이들이다. 아이들
은 크면 클수록 한국인이 아니라 호주인이 되어갈 것이다.
영어로 자신의 의사를 표현하면서 아버지와는 거리가 점점
멀어져 갈 것이다. 연작시의 두 번째 시를 보자.

　식구들 다리 뻗고 누울 빈틈을 찾아
　시간을 비집고 다니는 사내가
　들어서며 눈이 먼저 묻는다
　'이슬이 있어'
　열 몇 해 하늘의 참 질펀한
　말씀에 뒹굴이도 빠리기 미르는 시드니

교회 옆이라 내놓고 팔지는 못하고
알음알음 사러 오는 사람들과
눈짓 불온하게 나누는 밤이면
불그레하게 저무는 저녁달
가슴이 끌고 온 무엇을 비추려는지

—「참」 부분

엘림식품에 온 사내는 한국산 소주 참이슬을 사 간다. 이
식품점은 교회 바로 옆에 있어서 소주를 내놓고 팔지는 않
지만 파는 사람이나 사는 사람이나 "이슬이 있어" 하는 말의
뜻을 잘 알고 있다. 사내가 이민을 올 때는 꿈에 부풀어 왔
을 것이다. 그런데 지금은 "빈 주머니를 더듬으며 가게 앞
을 서성거"리고 있다. "이 세상 어디 비집고 들어앉을 빈틈
을 찾아/ 기웃거리다 돌아온 저녁"에 막막한 외로움을 달래
고자 술을 사 간다. "덜렁거리는 봉지를 들고/ 휘적휘적 시
드니 벌판을 걸어가는" 사내의 뒷모습을 화자가 보니, 사내
의 신세가 처량하게 느껴진다. 꿈은 무너진 것인가, 아직도
꿈을 갖고 있는가. 연작시의 세 번째 작품을 보자.

나이 지긋한 분들이 달고 사는
'맛있는 게 없어'
제대로 삭은 고들빼기라도
들어오는 날이면 돌아오는 맛
살아온 날만큼
짧아지는 입

소꼬리 등심에 꽃살이 지천이나
'먹을 게 없어'
개떡이 그리운 외지
점점 비어가는 속을 채우려
들판을 꽈악 채우던 가난한 맛
정성을 먹던 시절을 더듬어
하늘이 주던 봄맛
배불러 잃어버린 향기
얼음을 뚫던 냉이의 마음을 찾는 것이다
—「가난한 맛」 전문

호주로 이민을 간 이들 중 나이가 지긋한 분들은 평소의 식단도 그렇고 식품점 판매대도 그렇고 "소꼬리 등심에 꽃살이 지천"이지만 맛있는 게 없다. 차라리 가난했던 고국에서의 지난날, 구황救荒 식품에 가까웠던 고들빼기와 개떡과 냉이가 그립다. 그것은 "가난한 맛"이었고 "하늘이 주던 봄맛"이었다. 사실 뭐 그리 맛있는 것들인가. 하지만 할머니와 어머니의 '정성'을 먹었기에 그것들이 사무치게 그리운 것이다. 자, 이제 김오가 어떤 이력을 지닌 시인인지 살펴보자.

1956년 경기도 동두천에서 출생하였다. 1987년 호주로 이주하여 현재까지 시드니에 거주하고 있으며 1993년 호주 동아일보 신년문예에 당선되었다. 1994년 '시힘'동인 제8집에 3편의 시를 실으면서 작품 활동을 시작했다. 2005년 시집 『캥거루의 집』을 냈다.

여기에 『캥거루 편지』 발행인이 보태져야 하리라. 이민
자의 시선으로 본 시편을 좀 더 읽어보는 것이 좋겠다. 호
주에 가서 삶의 보금자리를 마련한 사람은 한국인들만이 아
닌 모양이다.

윈저 한인 농장에서 십오 년
전화로 바다를 건너가며
아이 둘을 대학에 보낸 조선족
정 씨의 손가락이
빗속에도
말갛게 마르고 있는 붉은 고추를 닮았다
자세히 들여다보니
햇살 같은 아이 둘이 스며있었다
—「홍고추」부분

고추와 마주 앉아 후욱 후욱
가지에 눈물만 걸어두고 떠난 사람
슬롯머신
그녀가 좀처럼 몸을 내주지 않아
어뒵 해 임금을 몽땅 선네주고
고추밭으로 들어와
마른 가지 매운 눈물 달아놓고
연변으로 건너간 양 씨
—「심양 김씨」부분

122

한인 농장 무밭에
뒤척이는 이파리들
조선족
동오 씨를 건드리는
그믐

…(중략)…

검은머리흰따오기
무 이파리 파고드는
시드니
한인 농장 원저의
밤

—「그믐」 부분

첫 번째 시는 원저에 있는 한인 농장에서 15년 동안 착실히 일하면서 아이 둘을 대학에 보낸 조선족 정 씨의 사연을 담고 있다. 비가 오는 유월, 정 씨는 수건 한 장 둘러쓰고 손끝이 아리도록 고추를 딴다. 심양에서 온 김 씨와 양 씨는 부부 사이인가? 역시 비 오는 날, "마른 가지 매운 눈물 달아놓고/ 연변으로 건너간 양 씨"를 생각하며 김 씨는 고추밭 고랑에 앉아 젖은 담배를 '꼬시게' 핀다. "가지에 순하게 매달리는 아이들"과 "후욱 쪼그라드는 고향"을 생각하면서 말이다. 조선족 동오 씨도 마찬가지다.

우리는 1902년, 첫 이민자 103인이 하와이 사탕수수 농

123

장에 가서 '쎄'가 빠지게 고생을 했다. 뒤이어 1905년에는 1,033명 대규모 이민자가 멕시코 사탕수수 농장에 가서 더욱 쎄가 빠지게 고생했다. 김오 시인의 시를 보니 이러한 우리의 이민사가 연상된다. 호주에서도 3D 업종은 가난한 나라에서 온 사람들이 감당하고 있나 보다. 우리나라에도 중국 연변이나 동남아에서 많은 노동 인력이 와서 온갖 궂은 일을 하고 있다. 칠레 남쪽 칠로에섬에서 초등학교 선생님을 하다가 온 토니는 플레밍턴 토요 시장에서 "헤이 코리안 싸요 싸요 원 킬로 쓰리 달라 쓰리 달라"(『고등어』) 하고 외치고 있다. "바다를 떠난 몸에 살아 꿈틀거리고 있는 선"을 지닌 플레밍턴의 고등어는 호주에서 살아가는 수많은 이민자들의 초상이 아닐까.

이민 30년에, 이곳을 삶의 현장으로 삼은 지도 어언 20년이 되는 김오 시인은 "B동의 땅콩집에서 받아온 5kg 봉지/작은 봉투로 나누다 보면 늘 200g"이 빈다고 한다. 이것이 바로 시장과 한인 마트와의 거리고 서울과 시드니와의 거리다. 시인은 이어서 "고만고만한 200g 땅콩 껍질의 무게나 채우는/ 마음의 저울을 떠난 세월만 자꾸 무거워지고" 있다고 표현한다. 그 마음을 착잡하다고 해야 할 것인가 허전하다고 해야 할 것인가 쓸쓸하다고 해야 할 것인가. 꿈을 갖고 이 대륙에 와서 몸이 부서져라 일하지만 어딘지 모르게 허전함을 느끼기에 시를 쓰고 있는 것이 아닐까. 시드니와 서울과의 거리, 시드니와 동두천과의 거리, 시드니와 정동진과의 거리. 지도상의 거리보다 먼 심리상의 거리다.

시드니
가을비 보냈더니
꽃비 화사한 서울의 봄이 왔다

팜비치
지는 해 보냈더니
먼동 트는 정동진 파도가 밀려왔다

외로움
잔뜩 담아 보내면
행복 터지는 가슴이 찾아오려나

궁금해
이스트우드 버즘나무
가지 속으로 봄비가 내린다

―「스마트폰」 전문

　사진을 찍어 스마트폰 카톡으로 바로 보낼 수 있는 시대다. 시드니에서 가을비 내리는 들판 풍경을 보내면 그 즉시 꽃비 내리는 서울의 거리 풍경이 온다. 그런데 외로움을 잔뜩 담아 보내면 "행복 터지는 가슴"이 찾아올 것인가? 그렇지 않을 것이다. 지구의 남반구와 북반구 간에 오가는 소식에서 시인이 기대하는 것과는 다른 것이 전해 오기도 할 것이다. 반가움과 기대가 오가던 소식들이 어느 날은 안타까운 눈물을 흘리게도 할 것이다.

비상문을 열고 눈물이 나가고 있다
모든 눈물은 절정에서 온다는데
아내는 어느 벼랑을 걷는 것일까
침대가 한 뼘 커졌다
빛나는 것들도 울기는 할까
큰애 학부모 상담하러 가던 길
오월의 나무처럼 아내가 빛이 나는 것도
눈물에 많이 젖었기 때문이리라

—「눈물을 돌아다보다」 부분

비상문은 자주 사용하는 문이 아니다. 어떤 위험의 정점에서 그것을 벗어나기 위해 사용하는 문이다. 그 문으로 눈물이 나가고 있다. 꾹 눌러두었던 슬픔을 더 이상 담아둘 수 없는 감정의 극치에서 이 시의 '아내'는 왈칵 눈물을 쏟아내고야 만다. 그래야만 슬픔으로부터 도망쳐 아픈 마음을 스스로 다독일 수 있는 것이다. 사람은 기쁠 때 울기도 하지만 대체로 서러울 때나 막막할 때, 그리고 괴로울 때 우는 법이다. 시인은 남편과 사별한 친구 아내의 눈물을 통해 세파를 견디며 항해해 온 자신의 30년 세월을 이렇게 '넌지시' 얘기하고 있다. 시인의 아버지에 대한 추억도 가슴 뭉클한 감동을 준다.

퇴원하면 나이롱 참외를 드시고 싶다던 아버지
끝내 병실을 나오지 못하고 떠난
로얄노스쇼어 병원

창밖을 내다보는 저무는 세상을 알고 있는 눈
병문안 온 나를 가만히 올려다보던 조앤처럼
윈저 혹스베리강에 기대어 있는 한인 농장
죽음 가까이 서 있는 잡종견 맥
근처를 지나는 이웃의 차를 일일이 쫓아가며 짖어대는
눈 속에 시드는 흙바람을 세워
아직은 살아있다고 황톳빛 울음을 토해내고 있다
— 「나이롱 참외」 부분

  한인 농장의 늙은 잡종견 맥은 차만 보면 일일이 쫓아가
며 짖어대지만 시인의 아버지는 로얄노스쇼어 병원에서 생
의 마지막 시간을 보냈다. 이역만리에 와서 숨을 거둔 아버
지는 고향이 이북이어서 그런지 "북녘의 핏줄을 더듬으며/
파랗게 나부끼며 잠든 아버지"(「파란 깃발」)라고 묘사했다. 붉
은 깃발을 거부하고 남쪽을 택한 것이다. 그 시절을 직접
겪은 아버지는 반공주의자가 되지 않을 수 없는 것이다. 다
음과 같은 시에는 아버지의 한 많은 생이 농축되어 있다.
이산가족…… 고향도 이북이지만 누이와 헤어져 산 반세기
동안 얼마나 보고 싶었을까. 그 그리움을 알기 때문에 이런
시를 쓴 것이리라. 한탄강은 한자로 '漢灘江'이라고 쓰지만
시를 보니 '恨歎江'이다.

초성 지나 전곡리 가기 전
철조망 두른 강물이
사람의 마을로 내려오고

그런 날이면 비는 내리고
일사 후퇴 홀로 내려오신 아버지
'단기 사천이백팔십삼 년 유월'
흑백마을 비스듬히 찡그리며 서 있는
사진 속 누이를 만나러
강물의 경계를 지우며 빗속으로 들어가신다
평강 지나 함흥 그 너머 맨발의 아버지 산천
흙탕물 속을 건너오는 누이를 만나러 가신다

—「한탄강」 부분

아버지는 일가친척 모두를 북에 두고 일사 후퇴 때 홀로 내려오신 분이다. 그래서 아버지는 누이를 사진을 통해서만 만나볼 수 있다. 끝내 만나보지 못하고 아들의 이민 행렬에 따라나섰으니 그 마음이 어떠했을까. "물길이/ 열두 번 굽이치고 나서야/ 흙 속에 묻힌 발자국을 끌어 올리고서야/ 움직이지 않던 돌들이 길이 된다/ 한탄강이 되고/ 임진강이 되어 서해로 간다"(「강」)는 구절에는 분단 70년과 통일 소망 70년의 역사가 오롯이 새겨져 있다. 그러나 통일은커녕 남북을 가로막고 있는 철조망만 더욱 시커멓게 녹슬어 가고 있을 뿐이다. 시인은 고국의 현실에 대해 늘 걱정이 많다. 팀 스피릿 훈련 때 일어난 비극적인 사건을 다룬 시가 있다.

나는 소리 내어 울고 있는 신발을 본 적이 있지
하늘에 줄 하나 걸어놓고
세상을 내려다보며

떠나는 맨발을 올려다보며
울고 있는 가지런하고 어여쁜 구두를 보았지
울지 않으면 미치고 만다고
우는 아이들이 모여 평화스러운 골목
팀 스피릿 바람이 한참이던 양평의 들판
　　　　　　　　　　　　　—「우는 신발」 부분

"소리 내어 울고 있는 신발"과 "울고 있는 가지런하고 어여쁜 구두"는 투신자살을 암시하고 있다. 시인은 모종의 사건을 접하고는 울음의 의미를 생각해 본다. 왜 사람은 태어나자마자 울기부터 하는가. 울지 않으면 엉덩이를 때려서라도 울게 한다. "세상은 아픈 거니까/ 울어야 견디는 거라고" 하지만 처녀는 울 수 없고 주인 잃은 신발이 대신 울고 있다. 온몸이 찌그러진 채. 「버즘나무」도 두 소녀의 죽음을 연상케 한다. 그렇다, "태어나는 것은 모두 아프"지만, 세월호만 한 아픔이 어디 있으랴.

마지막 숨결로
'사랑해'를 보내는 친구가 손발을 버둥댄다
조금만 있으면 괜찮아
승무원 누나다
천둥처럼 들리던 희망의 프로펠러 소리
애기소라 귀만 하게 멀어지는
세
시
간

이

지나간다

—「나비가 되라 한다」 부분

요즈음 '건국일'을 두고 말이 많은데 1919년 이래, 1948
년 이래, 이런 일은 없었다. 사건 당일 대통령의 행보를 보
라. 이런 대통령은 없었다. 한 여인의 일상이 나랏일과는
아무 관련 없이 돌아간 날이었다. 그것이 그날 하루에 한한
일은 아닐 것이다. 한 여인의 사사로운 일상에 나라님의 과
업이 침몰해 버린 그날의 일을 텔레비전 화면을 통해 보면
서 시인은 먼 호주에서 발을 동동 굴렀으리라. 살릴 수 있었
는데, 분명히 시간이 있었는데, 헬리콥터가 있었는데. 어
른들은 수수방관하면서, 대책 회의하면서, 책임을 미루면
서, 지혜가 떠올라 주지 않는 머리통만 만지면서 아이들을
사지로 보내버렸다. 세월호 사건이 났을 때 애가 타서 외치
는 시인의 목소리가 태평양을 넘어 한국 독자의 귀에게 들
린다. 시인은 말한다. "용서하지 않는 나비가 되어라"라고.
시인은 「기억을 포기하다」에서도 금방 잊어버리고 일상으
로 돌아가는 우리들의 '냄비 근성'을 질타한다. "검은 눈 가
득 쌓인 가방으로 들어가 귀가 문을 닫고/ 아무도 눈을 달
고 다니지 않는다"는 상징적인 구절 속에는 세월호에 대한
것만이 아닌, 우리들의 정치적 무감각에 대한 비판의 메시
지가 숨어 있다.

김오 시인은 김남주 시인의 생가에 갔던 추억을 더듬기도

한다. 그는 "출감 후 고문 후유증으로/ 곧 세상을 떠났"다.
이름만 들어도 아픈 것들로 "희망버스 쌍용자동차/ 밀양 송
전탑 꼭대기/ 세월호 세 시간/ 아이돌 눈빛/ 비정규직/ 원
주민"(「모르고 산다」) 등을 들기도 한다. 말이 좋아 희망버스지
얼마나 슬픈 버스인가.

> 아래를 향하여 내려오는 일
> 순리
> 눈물이 거칠어지는 소리
> 바위에 부딪쳐 찢어지면
> 그제야 순리
>
> 딱딱한 바위는 눈물에 새겨지고
> 눈물이 빗물에 새겨 넣은
> 그 아픔들을 붙들고 있어
> 오늘도 혼자 내리지 않는 비
> 그래서 순리
>
> ―「희망버스」 부분


   홍수가 지려고 하면 바위들이 막고 나무들도 막아선다.
자연은 이처럼 순리대로 돌아가는데 인간 세상의 일은 왜
순리대로 안 되는 것일까. 시의 마지막 문장이 상징적이
다. '오늘도 비는 혼자 내리지' 않듯이, 그래도 인간은 서로
연대하고 저항한다   밝은 내일을 꿈꾸며 오늘의 고통을 견
딘다. 어깨동무를 하고서. 멀고 먼 호주에서도 고국의 안위

가 늘 걱정인 시인이다. 그리고 고향 동두천은 이른바 '국경
지대'의 도시다. 떠나온 지 30년이 되었지만 애증이 엇갈리
는, 희비가 교차하는.

동두천 중앙시장 성결교회 앞
'삼춘통닭'
펄펄 눈이 끓는 모퉁이
어둠이 묵묵히 성가를 듣는다

얼굴을 갖지 못해 서성거리던 스무 살
눈 내리는 골목
달라붙는 함박눈을 핥으며
머리를 떼어놓고 굴신으로 엎드려
순교를 기다리는 몸들을 향하여
성가가 울린다

눈 내리지 않는 시드니
서른아홉 해가 지난 지금도
흰 눈을 생각하면 데인 듯 벌게지는
어두워 더 뜨거웠던 골목

—「삼춘통닭」 전문

그때 스무 살 때, 시인은 동두천에서 통닭집을 한 것인
가, 통닭 배달을 한 것인가. 크리스마스 무렵이었던가 보
다. 밤에 성가가 울리고 함박눈이 내리고…… 삼춘통닭집
의 통닭은 맛있게 튀겨지고 화자의 얼굴은 발갛게 익는다.

좀처럼 눈이 내리지 않는 시드니에서 39년 전 그때를 회상하는 시인의 마음은 착잡하다. 제 얼굴을 제 얼굴이라고 말하지 못할 무슨 사연이라도 있었던 걸까. 스무 살의 겨울, 혈기 방장한 화자가 교회와 통닭집이 있는 골목에서 서성거린다. 무슨 부끄러움이 있기에 사람들은 "머리를 떼어놓"고서 얼굴을 숨기고 싶은 것일까. 허리를 굽혔다 펴며 기도를 하는 것일까. 그날의 부끄러움과 죄를 기도로 씻어내려는 것일까. 이 시편에는 사연이 구체적으로 드러나 있지 않지만 시인은 딱 한 번, 아픈 가족사의 한 페이지를 다음과 같이 들춰낸다.

입으로 불을 끄면 심지 그을음 길게 올라가는 방
들어가 보지 않으면 어두운 골목
이담면이 동두천시가 되는 동안
등꽃 피는 마당 외가는 사라지고
늘 그을음이 된 막내 외삼촌이 무너트리고 간
어수동역 기차 소리와 살던 집
등나무 베어진 자리에 들어선 회색 건물처럼
마음이 흩어진 자리에 들어선 그을은 기억

오래오래 전에는 할머니 할아버지
삼촌 이모 숙모가 식구였더니
어느새 우리는 따뜻한 시절이 지나
서로를 북북 닦아내고 있지만
그을음에 한 술 심지처럼 남는

마음에 찍힌 기억
꿈틀대는 그리움 심지를 타고 올라오는지
오래전 그을음을 닦으며 골목을 들여다본다

—「호야」 전문

　호야는 석유를 담아 심지에 불을 켜고 유리 등피를 끼워 바람을 막도록 만든 등으로, 흔히 남포등이라고 한다. 해설자는 이 시를 통해 동두천시가 전에는 이담면이라는 사실을 알게 되었다. 일가친척이 모여 오순도순 살아가던 시절이 있기도 했지만 그 따뜻하던 시절은 가고 "서로를 북북 닦아내고" 있다. 그리고는 어느새 "그을음에 한 줄 심지처럼 남은/ 마음에 찍힌 기억"만 갖고 살아가게 되었다. 시인은 생면부지인 조태진 시인의 안부가 궁금한데, 본인은 지금 '가투 현장'에 없다. 시드니에서 힘들게 살아가고 있다. 한국에서 만큼은 아니겠지만 각박한 삶의 현장에서 시를 옮겨 적고 있다.

그러나 친구들, 떨지 마라
가투 현장 한번 못 가는 우리들 아니냐
세상을 위해 으스러지게
주먹 한번 쥐어보지 못한 우리들 아니냐
깨진 거울 앞에 손 불끈 못 쥐는 우리가
떨 일이 뭐 있나
새끼들 곤한 잠 쓰다듬어 보는 황홀한 손길에

흔들리지 않는 새가슴 어디 있을까
시는 너희가 쓰고 나는 옮겨 적노니
이 밤 시도 뒤척이는 밤이다

—「떨지 마라」 부분


조태진 시인이 '희망버스'의 시인 송경동과 함께 동인 활
동을 하고 있다는 것을 안다. "송전탑 크레인 용산이 얼굴
바짝 들이미"는데, 즉 시는 너희가 '현장'에서 쓰고 있는데,
나는 지금 무엇을 하고 있는가. 이런 자괴감이 이 시를 쓰
게 했는지도 모르겠다. 이렇게 시를 읽다 보니 시드니와 동
두천 사이의 거리가 멀게만 느껴지지는 않는다. 시인의 몸
은 비록 시드니의 식료품 가게에 서 있지만 마음은 늘 고국
을 향해 있다. 특히 동두천과 한탄강, 그 분단의 접경지역
에 시인의 마음은 늘 가 있다. 그런데 지금 고국의 현실은
어떤가. 국론은 분열되어 있고 북의 김정은은 핵무기 개발
과 실험에 여념이 없다.

별에
마음을 새기는 일

나의 아픔이
너에게 별빛이길 바라며
온몸을 던지는 일

끝내 멍들지 않을
눈빛 하나 남겨 두는 일

―「사랑 2」 전문

　사랑의 유한성을 별의 영원성에 빗대어 노래하면서 사랑
도 영원할 수 있다고 한다. 김오 시인의 이번 시집 원고를
보니 '사랑' 이야기와 '별' 이야기가 자주 펼쳐지고 있다. 해
설자는 이민의 애환, 역사의 현장에 초점을 맞춰 쓰다보니
순수 서정시로 분류할 수 있는 이런 시편에 대한 언급을 하
지 못했는데 어느덧 정해진 분량을 훌쩍 넘기고 말았다. 이
런 일련의 연가는 김오 시인이 뜻밖에 여린 감성을 지니고
있음을 알게 한다. "세사에 시달려도 번뇌는 별빛"(조지훈)이
라고, 시인은 힘든 이민자의 삶을 영위해 가고 있지만 사랑
과 별을 노래하는 서정성을 또한 잘 가꿔나가고 있다. 이 시
세계에 대한 이야기를 본격적으로 하자면 글이 너무 길어질
것이다. 이들 시편에 대한 감상과 이해는 독자의 몫으로 돌
려야겠다. 별과 사랑의 역학 관계에 대해서는 많은 시인들
이 이미 노래했기에 거기에 해설자의 사설을 보태지 않으려
한다. 독자의 아름다운 감수성으로 별과 사랑 이야기를 만
나보기 바란다. 아무쪼록 김오 시인이 13년 만에 새로이 내
는 이 시집을 계기로 하여 시드니와 동두천 간의 거리 좁히
기에 더욱 몰두했으면 한다. 또한 호주 문단을 이끌어갈 큰
시인으로 발돋움하기를 기원하는 바이다.